강영수 시집

해녀의 기도

"물질허게 허여 주시옵소서"

해녀의 기도

강영수 시집

도서출판 미라클

잠깐 머물 먼지 같은 손님인데
팔 것 다 팔고
부술 것 다 부수고
파헤칠 것 다 파헤치는구나
당대만 살고 말자는데
이 일을 어쩌랴

죽을 땐 다 놓고 갈 건데……

◆ 차례 ◆

2부 해녀의 기도

4부 여자일 때 해녀일 때

6부 가감승제의 삶

1부

흰 섬

그 시절

옛날 옛적 우도라 하면 섬이라 괄시받던 그 시절
우도사람들은 섬을 지키고 척박한 땅을 일궈 살았다
순박하고 인심 좋고 마음씨 고운 인정으로 살았다
우리네 세상사 어찌 될 줄 모른다

옛날 옛적 우도라 하면 섬이라 외면받던 그 시절
우도사람들은 파돗소리 벗 삼아 바다를 일궈 살았다
바람 따라 물결 따라 해녀 따라 바다인심으로 살았다
서럽던 그 시절 사시장철 서러운 게 아니다

옛날 옛적 우도라 하면 섬이라 고독했던 그 시절
우도사람들은 외로움을 달을 보고 별을 보고 살았다
하늘과 땅 바다가 주는 대로 불평불만 않고 살았다
사람들아 사람들아 아우르며 살자꾸나

흰 섬

악성
동식물 외래종은
재래종을 잡아먹고
생태계를 점령하고

못된
난뎃사람들은
토박이 민심을 교란시키고
전통과 문화를 어지럽히고

결국
외래종과 난뎃사람들의
천국으로
재래종도 토종도 동화돼

어쩌랴

강태공의 미끼

낚시꾼이 던진
낚싯줄 미끼에
물고기들은 덥석 물고 삼키면

낚시꾼이 끄는 대로
가야 할 신세

세상에 공짜는 없다

우도

내
몸뚱이엔
많은 세균들이 있다
몸에 이로운 균
몸에 해로운 균

내가
상처투성이로
병들어 죽으면

공멸할 것인데

돈맛

똥개든
진돗개든

고기 맛에

주인을 몰라본다

똥개 눈엔

시대적 흐름이란 구실로

과거가 있었기에 가난을 팔아
이
득수를 누린다

미래 따위는
우리가 걱정할 바
아니라는 역설

똥개 눈에는
똥만
보일 뿐인가

그래도

하늘은 팔더라도 땅은 팔지 말아라
바다는 팔더라도 섬은 팔지 말아라
가난은 팔더라도 자존은 팔지 말아라
환경은 팔더라도 자연은 팔지 말아라
노력은 팔더라도 몸은 팔지 말아라
머리는 팔더라도 가치는 팔지 말아라
……

역설

없을 때도 살았는데, 있으니 더 어렵다 하고
없을 때 후한 인심, 있으니 더 야박하고

자연이 좋다면서, 더 허물고 부수고
청정을 부르짖으며, 더 더럽히고

옛것이 좋다면서, 전통은 내팽개치고
예술이 좋다면서, 옛 문화는 구닥다리라 하고

옛정이 그립다면서, 마음의 문은 닫혀 있고
그때가 그립다며, 그 시절은 아니라 하고

반대는 하면서도, 대안은 없고
내 탓이면서, 남의 탓이라 하고

나보다 잘나고 잘난 체하면, 못 봐 주겠다 하고
앞에선 알랑방귀, 뒤에선 그놈 저놈

학력은 높은데, 도덕과 상식은 낮아지고
지식은 높은데, 지혜는 낮고

책은 많은데, 읽을 책이 없다 하고
부모는 읽지 않으면서, 자식들에겐 책 읽으라 하고

부모는 게으르면서, 자식들에겐 바지런해야 한다 하고
과거가 좋았다면서, 미래는 나 몰라라 하고

먹을거리는 많은데도, 먹을 게 별로라 하고
비만을 걱정하며, 건강식을 찾고

우도 첫 책방

2017년 7월 22일 앳된 서울 토박이 부부
우도 북북서쪽 하늬브름 코지
돈 오른 돈 올네 감태구미에
허름한 막사리 내부 볏 모양 속치장하고
우도에 첫 '밤수지맨드라미책방' 심었네
있을 것 있고 없을 것 없는 작은 책방
삐걱거리는 조각나무 사립문 열고 들어서면
어둡지도 밝지도 않은 울퉁불퉁한 바닥
흙냄새와 은은하게 흐르는 클래식 선율에
차 한 잔 책 향에 잠깐 쉬었다 갈 공간
갯바람에 파도 소리와 앳된 부부 향
오가는 길 책 한 권에 우도 품고 가리다

＊ 하늬브름: 북서풍.

＊ 돈 올네: 마을이름(전흘동).

＊ 감태구미: 지명(감태가 오르는 곳).

＊ 코지: 곶.

시낭송 모임

2022년 4월 7일
우도작은도서관에서
우도에
첫, 시낭송 모임
척박한 땅에 꽃을 심듯
영롱한 풀꽃들
어설픈 선율
설핀 몽우리 피우기 위해
수줍은 새아씨
첫,
이란
설렘으로
메마른 섬에 시를 심는다

고적과 부조

2000년대 이전까지는 우도 마을 구성은 집성촌이었다, 성씨가 같으면 궨당이었고 성씨가 다르면 이웃삼촌이었다, 좋은 일이든 궂은일이든 일이 생기면 서로 기뻐하고 위로하며 같이 동화되었다, 산업이 발달하고 삶이 윤택해지면서, 모다들어 하던 일들이 맡아 하는 전문 업체가 생기면서 이웃사촌 수눌음 친목이란 말도 옛말이 돼버렸다, 특히, 쉬 변하지 않을 것 같던 가정의례에 간소화 물꼬가 트이면서, 매장 문화가 화장으로, 삼년 탈상도 당일 탈상에 탈복하는가 하면 영장 때 장성한 형제자매 일가친척이 많았던 집안의 유세 풍경도, 벌초 같이 하는 궨당도 식게 맹질 서로 돌아봤던 일가들도 남이 되어 간다, 그땐, 영장 때 결혼한 형제자매들마다 고적으로 부조 떡을 장지에서 줬었다

2010년경부터는 유행에 따라 가정에 필요한 생필품 및 식료품으로 라면, 하이타이, 설탕, 커피, 화장지⋯⋯로, 고인 또는 상주의 몇 번째 누구라 하면서 집안 자랑하면서 생색내며 줬었다

2020년 전후경부터는 장례 문화가 바뀌고 고적 문화도 사라졌다고 해도 과언이 아니다, 이젠, 너는 너, 나는 나, 돈 부조에 상품권으로 답례한다, 상품권도 처음

엔 3천 원 상품권이 지금은 5천 원 또는 1만 원권이다,
또한, 찾아뵙지 못하는 지인들은 통장 계좌로 부조금
을 입금하는 추세, 앞으론 어떤 변화가 올지 나도 모른
다, 내가 마지막 받았던 고적은 2022년 4월이었는데 매
장으로 우도 공설묘지에서다 (라면, 화장지, 커피, 세
제, 1만 원 상품권 2장)

＊ 고적: 일가에 경조사가 생겼을 때 친척끼리 만들어 가는 부조
　　　떡이나 음식(요즘은 돈과 상품권).

＊ 궨당: 권당.

＊ 멩질: 명절.

＊ 삼춘: 삼촌뻘 되는 동네 사람.

＊ 수눌음: 품앗이.

＊ 식게: 제사.

＊ 영장: 장사.

벙어리 섬

바다엔 풍랑주의보
뭍엔 강풍주의보
섬엔 사람주의보

급박한 상황
발만 동동거린 지
며칠

육지는 눈앞인데
하늘 쳐다보고
바다 바라보고

무정한 날씨
가로지른 해협
말 없는 섬

연락선도 물결 따라 끄덕이고

불어 대는 바람 따라
내
마음도 현란하다

갈등

몸통도 하나
혈통도 하나
겨레도 하나
땅속 뿌리는
소통하며 자양분을
나누어 먹는다

뻗어가는 가지만이
북쪽으로 뻗은 가지는
북쪽으로
남쪽으로 뻗은 가지는
남쪽으로
삭풍과 훈풍 속에
서로 쳐다보며

저 갈 길만 가는구나

2부

해녀의 기도

너런지

　우도 바다에선 최고의 황금어장이자 보고인 곳, 우도
등대 북동쪽 1㎞ 거리의 바닷속 두 넓은 여, 큰 여는 큰
너런지 작은 여는 작은너런지라 불리는 곳, 큰 여는 11
만 3천여㎡, 작은 여는 5천여㎡, 크기를 비교하자면 7
천여㎡ 축구경기장 16배가 넘는 광활한 바닷속 또 다
른 섬인 지형, 큰 여는 안쪽에 작은 여는 바깥쪽에, 두
여 사이 거리는 40여m, 여를 벗어난 바깥쪽과 여와 여
사이는 수십m 깊이의 바닷속 협곡으로 해녀들이 흔히
말하는 창 터진 비렁이라는 곳, 이곳 바닷속 지형을 꿰
뚫고 있는 해녀들도 물때의 시간 가늠을 잘못해서 이
구역에 들어간다든가 여를 벗어났다간 휘감도는 물살
을 이기지 못하고 사투를 벌인다는 너런지, 물질 작업
을 할 수 없을 정도의 물발일 땐 테왁망사리 닻돌 줄을
내리고 돌언지 물때를 기다려야 한다는 장소, 물때에
따라 늦어서도 빨라서도 물질을 할 수 없다는 장소, 여
의 평수위도 큰너런지는 2.8m, 작은너런지는 4.8m, 넓
고 경사가 심하지 않은 여이어서 썰물과 밀물 때의 물
흐름 기복이 심한 곳, 물이 한쪽으로 쏠릴 때는 강물이
범람해 넘치는 물처럼 물발이 세기로 정평이 난 곳, 더

욱이 썰물 때 여를 부여잡지 못하고 너런지를 벗어났다간 망망대해로 흘러 구조가 불가피하다는 지형, 해녀들의 작업도 조금물때 이삼일이 아니면 물질이 어렵다는 장소, 너런지 물질은 물살과 공존해야 산다는 곳, 우도 해녀라면 위험을 무릅쓰고서라도 기량이 된다면 가 봤으면 하는 곳, 중·하군 해녀들에겐 환상의 너런지, 60~70년대 우도 해녀라면 이곳의 소라, 전복 채취로 생계를 유지했던 공동어장, 어장 분쟁의 역사가 깃들었던 곳, 지금은 너런지와 접해 있는 마을 어장으로 그 마을 해녀가 아니면 금줄을 쳐놓다시피 한 장소, 상군 해녀들만의 영역, 우도 바당에선 최고 상품의 해산물이 있는 곳, 잠수기선이 성행할 때도 이곳이 주 어장이었던 너런지, 요즘 전복은 보기가 어렵고 늙은 고동만이 사수한다는 너런지, 태풍 때는 속여를 덮치는 삼각파도가 장관인 비경, 너런지는 말이 없고 세찬 물살만 밀고 당긴다

※ 현황

지명: 너런지(넓다, 너른 땅의 뜻).

위치와 거리: 우도등대 북동쪽 960여m.

영일동 동쪽 360m.

비양도 남쪽 1.4㎞.

길이: 동서 560여m, 남북 460여m(큰너런지: 동서 470여m, 남

북 380여m. 작은너런지: 동서 90여m, 남북 80여m).

면적: 118,409㎡(큰너런지: 112,975㎡, 작은너런지: 5,434㎡).

수심: 평수위(큰너런지: 2.8m, 작은너런지: 4.8m).

서식해산물: 소라, 전복.

돌언지물: 정조.

창 터진: 바닥 터진. 수심이 깊은.

고동: 고동.

조금: 물발이 세지 않은 물때.

반항

물 힘의 한계를
초월한 지어미
영양제 링거를 맞으려 하기에

건강한 몸엔
해롭다
했더니

매의 눈으로
물질해 봤느냐는
말엔

먹먹했다

저러다

즈문 전날
아내는 감기 기운이 있었다
감기약을 연거푸 먹고
잠자리에 들면서
잠이 들거든
확인 여부 부탁

노심초사
한밤중
숨소리 듣고 싶어
살며시 방문을 열었더니
숨소리는 들리지 않고
숨비소리
잠꼬대에
무아지경

저러다……

* 즈문: 해경. 금채했던 해산물을 캐기 시작하는 날.

정색

'두무날'이었다
불턱에서
걸려온 전화
아내의 상비약을
가져오라는 재촉 전화
아내는 혼수상태
아내를 둘러싼 해녀들은
집으로 가던 길을 되돌아와
팔다리를 쥐고 있었다
다행히 해녀들 중
상비약을 갖고 다니는 해녀가 있어
위험은 넘긴 상태
차를 타고 집으로 오면서
병원 가야 한다 했더니
펄쩍 화를 내며
모르는 증상이냐는 대답
속내는
내일
'서무날' 작업하기 좋은 물때란 눈치

다음 날
작업 가면서 지아비를 안심시키는
말
왈,
깊은 바다에 가지 않을 것이며
어제와 같은 증상에는 조심하겠다며
집을 나서는 뒷모습에 내 마음은……

작업 마쳐 당당한 귀가
첫마디는
"참 기분 좋다"
어제보다 해산물을 더 잡았다며
해맑은 소녀 미소

(음력 2021. 10. 11.)

해녀의 기도

바다 신이시여

오늘 하루 이승을
염원하기보다
목숨 떨어지는 저승길이
언제일지 모르나
그날까지

"물질허게 허여 주시옵소서"

거느린 식솔들 걱정되지 않게
숨비소리
가물가물하거든
거두어 주시면
미련 없이 가렵니다

간절히 기도합니다

아이고야

물때는 좋은데

날씨가 궂으니

아이고야……

휴일

공직자는 달력을
근로자는 날씨를
농부는 계절을
어부는 바다를

해녀는 파도를 보고

쉰다
쉬어

해녀의 사계

눈이 부르틀 땐 봄

입술이 부르틀 땐 여름

마음이 부르틀 땐 가을

손발이 부르틀 땐 겨울

불턱

돌 바람 해녀가
오롯한 곳

역사 문화 전통의
가치가 있는 곳

할머니 어머니 딸
대를 잇는 곳

상군 중군 하군
서열이 있는 곳

테와 눈곽 소중이
작업도구가 있는 곳

서러움 외로움 아픔을
수다로 위로받는 곳

물찌 물때 물살
작업을 결정하는 곳

베풂 나눔 배려
게석이 있는 곳

삶 죽음 생존
지혜가 있는 곳

소리 갯내 연기
영혼이 공생하는 곳

해녀들만의 영역

우도 갯가 봄소식

우도 갯가 봄소식 전령사는 삭풍에 영근 톳 채취
갯바위 풍성한 톳농사는 비바리의 마음 설렘
톳은 지역경제의 마중물 나눔의 공동체 문화
소싯적 톳 이삭을 주웠던 추억도 아련하다

태곳적엔 톳을 뿌리째 매어 바지게 등짐으로 날랐다
이젠 낫으로 베고 포대에 담아 어깨에 메고 나른다
톳 채취 땐 해안가 길가나 잔디 광장은 톳 말리는 나리
봄 햇살과 바람에 익듯 톳 말리는 풍경은 한 폭의 수묵화

보릿고개 시절 쌀이 귀할 때 구황식이었던 톳밥
먹기 싫었지만 고픈 배 채우기 위해선 도리가 없었다
장마철 톳을 말렸던 잔디에 물에 분 톳이삭을 주워다
패마농에 돌돌 말아 멜첫에 먹었던 반찬은 별미 중 별미

  ＊ 나리: 장소
  ＊ 패마농: 쪽파
  ＊ 멜첫: 멸치젓

물질 못 하는 병

감기 몸살로
물질 가지 말라 했더니

'기침'
감기가 아니면
괜찮다는 아내

나는 몰랐다

오늘껏

겨울 날씨치곤
며칠 포근한 날씨

해녀들은
체력의 한계를 견디다 못해
입술이 부풀어 터진 지
며칠

아내에게
쉬어야 한다 했더니

이번 물찐
오
늘
뿐
인
데

집을 나선다

긴장

꿈자리도 뒤숭숭하다며
굿밭엔 물건이 없다며
오늘은 막여에나 가야 물건이 있을까?
하는 소리는 나를 혼미하게 한다

더 잡으면 얼마나 더 잡겠느냐 만류했다
남들이 가면 갈 것이라며
뭐라 할까 봐 훌쩍 집을 나선다
물질 가는 아내를
더 자극하고 싶지 않았다

남들보다 못하면
예사롭지 않은 성미
직업에 대한 자부심으로 여기는 해녀

* 굿밭: 얕은 바다.

* 막여: 깊은 바닷속 끝에 있는 여.

해녀의 연간소득

2020년도

나이: 70세

경력: 57년

기량: 상군

작업일수: 131일

해산물별

소라: 작업일 92일, 수량 6,800여kg, 1kg당 4천5백여 원

성게: 작업일 26일, 수량 75kg(알성게), 1kg당 1십만 원
(낱개: 1만 1천여 개)

우뭇가사리: 작업일 10일, 12포대(건초 30kg기준), 1포
대 1등 1십9만 5천 원

오분자기: 작업일 3일, 수량 8kg, 1kg당 4만 5천 원

그 외(해삼 7kg, 문어 6kg 등) 1백여만 원

2021년도

작업일수: 130일

해산물별

소라: 작업일 90일, 수량 3,500여kg, 1kg당 5천여 원

성게: 작업일 24일, 수량 65kg(알성게), 1kg당 1십1만
　　　원(낱개: 9,700여 개)

우뭇가사리: 작업일 14일, 수량 17포대(건초 30kg 기
　　　준) 1등 포대당 1십9만 5천 원)

오분자기: 작업일수 2일, 수량 10kg, 1kg당 4만 5천 원

그 외(해삼 6kg, 문어 13kg 등) 1백여만 원

불턱 입성기

헤엄칠 줄 모르는
오십 대 후반의 아낙
지아비 따라와
우도에 발붙여 살려니
해녀가 아니어서
늘
외톨이였다

그래
남들이 하는 물질
난들 못 하랴
독한 맘 먹고
동아줄 허리에 묶어
지아비에게 헤엄 배워

물이 싸면 구슴 훔치에서
허리에 묶인 동아줄 부여잡은 지아비 따라
매운 담금질로
눈질레기 숨빔질
담방구물질로 똥군 해녀로 거듭나

이젠
이젠
하군 해녀 반열에 들어
잡은 해산물 친정에도 보내고
지아비 레슨비도 주고
불턱 수다 소도리한다

✱ 구슴: 갯가 육지 쪽으로 약간 들어온 얕은 구역.

✱ 홈치: 갯가 육지 쪽으로 깊이 들어온 깊은 구역.

✱ 싸다: 써다.

✱ 눈질레기: 물안경 끼고 얕은 곳에서 서서 다니며 해산물을 채
취하는 작업.

✱ 숨빔질: 자맥질.

✱ 똥군: 물질을 갓 배우는 해녀.

✱ 담방구물질: 풍당거리며 하는 물질.

✱ 소도리: 남에게 들은 이야기를 전한다는 뜻으로 수다를 비유
적으로 한 말.

안비양 줌수의 집

구젱기 먹엉 갑서
고동 먹엉 갑서
경허민 줌녀 할망들 눛
빙세기 우습네다
지푼 바당물 속 죽기 살기로
줌수질로 잡은 고동이우다
군고동도 있고
쌩으로도 폽네다
고동은 이디가 최고우다

(안비양 해녀의 집)

(소라 먹고 가세요)
(소라 먹고 가세요)
(그러면 해녀 할머니들 낯)
(빙그레 웃습니다)
(깊은 바닷물 속 죽기 살기로)
(물질로 잡은 소라입니다)
(구운 소라도 있고)
(생으로도 팝니다)
(소라는 이곳이 최고입니다)

3부
인생의 지혜

묘목

연로하신 어르신 묘목 나무를 심을 때
길 지나던 나그네
노인에게 물었다
그 나무에 열매가 열리려면 얼마나 걸릴까요
노인은 70년 정도가 되지 않을까
그 묘목에 열매를 먹을 수 있겠느냐 물으니
노인 왈,
내가 어렸을 때 우리 집 과일 나무에
과일이 주렁주렁 열려 있었다는 대답
그것은
아버지께서 나를 위해 심었을 것인데
나도
아버지를 따라 하고 있을 뿐이라는 대답

뱀의 머리와 꼬리

뱀의 머리에는
위험한 상황을
대처할 수 있는 기능이 있다

꼬리는 머리의 지시에 따라
지내는 게 불만이었다

참다못한 머리는 꼬리에게
자리를 내줬다

꼬리는 신이 났지만
얼마 가지 못해 위험에 부딪쳤다
그럴 때마다 머리가 도와줬다

그런데도
꼬리는 머리의 역할을 못 하고
결국
머리도 꼬리도 죽고 말았다

질그릇과 보석 항아리

가난하고 보잘것없는 박식한 사람과
부자이면서 얼굴이 잘생긴 사람과의 인연
잘생긴 사람은 보잘것없는 박식한 사람을
늘 못마땅히 여기면서
박식함은 부러워했다
어느 날
박식한 현자는 부자인 사람에게
부자이니 집에
좋은 술이 있을 텐데
그 술은 무엇에 담갔느냐 물었다
질그릇 항아리에 담갔다는 대답
부자이니 보석 항아리가 있을 텐데……
그 말을 듣고
질그릇 항아리 술을 보석 항아리에 담았더니
질그릇 항아리의 술맛이 사라져 버렸다

여우와 포도밭

여우는 포도밭 포도가 먹고 싶었다
포도밭에 들어갈 구멍이 한 군데인데
몸을 비집고 들어갈 수가 없어
며칠 굶어 뱃살을 빼고 들어가서
포도를 배부르게 먹고
포도밭을 나오려니 나올 수가 없어
처음 들어갈 때처럼
며칠 굶고야 나왔다

사람의 손

사람이 세상에
태어날 땐
두 손을 움켜쥐고 태어난다

죽을 땐
두 손을 펴고 죽는다

공수래공수거

세 친구

첫 번째 친구
죽으면 남이 되는 친구
재산

두 번째 친구
죽으면 장례 치러 주는 친구
가족

세 번째 친구
죽어서도 같이 가는 친구
선행

강한 사람

자기 마음을 스스로
조절할 수 있는 사람

미물에 약한 강자

사자는 모기에

코끼리는 거머리에

황소는 진드기에

전갈은 파리에

매는 거미에

사람은 팬데믹에

영원한 강자는 없다

필요한 만큼만

70 후반의 해녀 할망
잡아 온 성게를 까는데
50대 딸이 거들고 있었다

우리 동네에서
성게 물질은
내가 가장 꼴찌로 들어서
내 먹을 만치 됐다 싶으면
가장 먼저 난다며
덜 해도 미련 없고
이보다 더 하면
물질 욕심이 생긴다며
필요한 만치만 잡는다는
청순한 해녀 할망

노화

기억력은 알쏭달쏭
눈은 침침
귀는 들릴락 말락
말은 더듬더듬
몸은 기우뚱기우뚱
정신은 흐릿흐릿

가는 세월 누가 막으랴
자연의 섭리

빈 항아리

시집 몇 권에
남들은
나더러
시인이라 하는데
아니다
아니다
항아리
소리가
시인은
아니라 한다

나의 기도

물질 간 지어미를 위해

숨 쉬는 아내를 위해

밥상머리 같이할 당신을 위해

사계의 오일장

봄철 오일장은
파릇파릇 손주를

여름철 오일장은
비지땀 흘리는 자식을

가을철 오일장
농익은 과일은 농부를

겨울철 오일장은
끝물 과일 파는 할머니를

연상케 한다

민달팽이

사람들은 대궐 같은
집도
성에 차지 않아
난린데

너는
어찌
집 한 채 없이 살면서
평생을
불평 없이
행복하게 사니

상황적 역설

1945년 분열일 땐
뭉치면 살고
흩어지면 죽는다

2020년 코로나19 땐
뭉치면 죽고
흩어지면 산다

2022년 이젠
뭉쳐도 살고
흩어져도 산다

세상사 모를 일

4부

여자일 때 해녀일 때

여자일 때 해녀일 때·33

눈으로 하늘을 볼 땐 여자
  궁둥이로 하늘을 볼 땐 해녀
땅을 밟고 살면 여자
  바다를 밟고 살면 해녀
고갯마루 힘겨워할 땐 여자
  파도마루 힘겨워할 땐 해녀
유전적 재능일 땐 여자
  지혜의 기술일 땐 해녀
정년을 걱정할 땐 여자
  늙음을 걱정할 땐 해녀
기상예보를 볼 땐 여자
  몸살기로 날씨를 가늠할 땐 해녀
휴일 기다릴 땐 여자
  풍랑주의보 기다릴 땐 해녀
휴가를 기다릴 땐 여자
  사리 물때 기다릴 땐 해녀
교회 갈 땐 여자
  돈짓당 갈 땐 해녀
성인을 섬길 땐 여자
  신을 섬길 땐 해녀

돈 놓고 빌 땐 여자
공양물 놓고 빌 땐 해녀

여자일 때 해녀일 때·34

책 보고 요리할 땐 여자
　　　손맛으로 요리할 땐 해녀
어려워할 땐 여자
　　　힘들어할 땐 해녀
안전사고 걱정하며 일할 땐 여자
　　　운명이라 받아들이고 일할 땐 해녀
안정된 직업 찾을 땐 여자
　　　위험한 직업 찾을 땐 해녀
뭍에 풀을 베고 잡초 뽑을 땐 여자
　　　바다풀을 캐고 해초 캘 땐 해녀
물질 못 하면 여자
　　　물질 할 줄 알면 해녀
튜브 의지하고 물놀이하면 여자
　　　테왁망사리 의지하고 일하면 해녀
확실성에 뛰어들 땐 여자
　　　불확실성에 뛰어들 땐 해녀
강풍에 걱정할 땐 여자
　　　풍랑에 걱정할 땐 해녀
땅을 일굴 땐 여자
　　　바닷속 일굴 땐 해녀

여자일 때 해녀일 때·35

개인의 일터일 땐 여자
      공동의 일터일 땐 해녀
월급으로 돈 벌 땐 여자
      해산물로 돈 벌 땐 해녀
한 달을 상순 중순 하순 등분할 땐 여자
      한 달을 보름물찌 그믐물찌 등분할 땐 해녀
무수기라할 땐 여자
      물때라 할 땐 해녀
나간 곳이라 할 땐 여자
      코지라 할 땐 해녀
지도를 보고 찾을 땐 여자
      지형지물 보고 찾을 땐 해녀
제사 떡 만들 땐 여자
      굿 떡 지 만들 땐 해녀
역술가 찾을 땐 여자
      무당 찾을 땐 해녀
녹록할 땐 여자
      치열할 땐 해녀
개탄스러울 땐 여자
      한탄스러울 땐 해녀

여자일 때 해녀일 때 · 36

간섭할 땐 여자
　　　참견할 땐 해녀
권리를 주장할 땐 여자
　　　관습을 주장할 땐 해녀
일터 찾아 이동할 땐 여자
　　　난바르 물질로 이동할 땐 해녀
구직으로 출가할 땐 여자
　　　물질로 출가할 땐 해녀
민물에 몸 씻을 땐 여자
　　　바닷물에 몸 담글 땐 해녀
귀마개라 할 땐 여자
　　　밀이라 할 땐 해녀
밤낮없이 일할 수 있을 땐 여자
　　　낮에만 일할 수 있을 땐 해녀
몸을 적시지 않고 일할 땐 여자
　　　물에 잠겨야 일할 땐 해녀
바다가 잔잔하다 할 땐 여자
　　　맹지바당이라 할 땐 해녀
바람 무서워할 땐 여자
　　　파도 무서워할 땐 해녀

여자일 때 해녀일 때·37

알곡 이삭 주울 땐 여자
            버난지 해초 주울 땐 해녀
인격을 중요시할 땐 여자
            신격을 중요시할 땐 해녀
숨 쉬며 돈 벌 땐 여자
            숨 참고 돈 벌 땐 해녀
바른 자세에서 일할 땐 여자
            거꾸로 일할 땐 해녀
내숭 떨 땐 여자
            부끄러움 탈 땐 해녀
내일 걱정할 땐 여자
            오늘 걱정할 땐 해녀
구역 구분할 땐 여자
            구미 구분할 땐 해녀
농산물 값 따질 땐 여자
            해산물 값 따질 땐 해녀
배불러야 일할 땐 여자
            배곯아야 일할 땐 해녀
밥심이라 할 땐 여자
            물힘이라 할 땐 해녀

여자일 때 해녀일 때·38

뭍에서 일하다 죽으면 사고
　　　　바다에서 물질하다 죽으면 해녀사고
해박한 지식을 바랄 땐 여자
　　　　경험의 지혜를 바랄 땐 해녀
과정을 중요시할 땐 여자
　　　　목적을 중요시할 땐 해녀
맵시를 중요시할 땐 여자
　　　　실용을 중요시할 땐 해녀
집에서 시름할 땐 여자
　　　　불턱에서 시름 달랠 땐 해녀
말소리 소곤댈 땐 여자
　　　　말소리 괄괄할 땐 해녀
몸 사릴 땐 여자
　　　　변화무쌍할 땐 해녀
몰입할 땐 여자
　　　　단순할 땐 해녀
가족들에겐 여자
　　　　객꾼들에겐 해녀
덕성스러울 땐 여자
　　　　수다스러울 땐 해녀

여자일 때 해녀일 때 · 39

이야기가 논리적일 땐 여자
　　　이야기가 서론적일 땐 해녀
파종 시기 기다릴 땐 여자
　　　금채기 기다릴 땐 해녀
수확 날 기다릴 땐 여자
　　　해경 날 기다릴 땐 해녀
일터에서 밥 먹을 수 있을 땐 여자
　　　일터에서 밥 먹을 수 없을 땐 해녀
직업 다양할 땐 여자
　　　직업 유일무이할 땐 해녀
책으로 배울 땐 여자
　　　경험으로 배울 땐 해녀
장애로도 일할 수 있을 땐 여자
　　　장애로 물질할 수 없을 땐 해녀
학사 석사 박사 우열 가릴 땐 여자
　　　하군 중군 상군 기량 가릴 땐 해녀
생각을 오래 할 땐 여자
　　　생각을 짧게 할 땐 해녀
뭍에서 땀 흘려 일할 땐 여자
　　　물에서 추위 견디며 일할 땐 해녀

여자일 때 해녀일 때 · 40

뭍에서 시간을 다툴 땐 여자
　　　물에서 목숨 도사릴 땐 해녀
전환기를 걱정할 땐 여자
　　　반환기를 걱정할 땐 해녀
절망에 좌절할 땐 여자
　　　절망을 극복할 땐 해녀
메이크업 할 땐 여자
　　　팩 붙일 땐 해녀
표현이 상냥할 땐 여자
　　　표현이 투박할 땐 해녀
칭찬할 땐 여자
　　　다독일 땐 해녀
감정에 예민할 땐 여자
　　　성깔에 예민할 땐 해녀
섭섭한 일에 속앓이할 땐 여자
　　　섭섭한 일에 애달파할 땐 해녀
몸이 뚱뚱할 땐 여자
　　　몸이 날씬할 땐 해녀
건강식 찾을 땐 여자
　　　영양제 링거 찾을 땐 해녀

여자일 때 해녀일 때 · 41

속앓이에 병원 갈 땐 여자
　　　　속앓이에 점쟁이 찾을 땐 해녀
자외선 차단 화장품 바를 땐 여자
　　　　햇볕에 탄 얼굴 바닷물에 담글 땐 해녀
일옷이 다양한 기능성일 땐 여자
　　　　일옷이 스펀지 잠수복 단벌일 땐 해녀
지식과 상식이 삶이라 여길 땐 여자
　　　　경험과 지혜가 생존이라 여길 땐 해녀
베풂으로 도울 땐 여자
　　　　게석으로 도울 땐 해녀
여럿이 모여 일할 수 있을 땐 여자
　　　　거리 두기로 일해야 할 땐 해녀
작업 시간 중요시할 땐 여자
　　　　작업 물때 중요시할 땐 여자
물때 물찌를 모르면 여자
　　　　물때 물찌를 알면 해녀
즈락의 용도를 모르면 여자
　　　　즈락을 예비 망사리라 할 땐 해녀
뒤웅박이라 말할 땐 여자
　　　　테왁이라 말할 땐 해녀

여자일 때 해녀일 때·42

테왁망사리 신비스럽게 쳐다볼 땐 여자
      테왁망사리 만들고 작업할 땐 해녀
손발이 보송보송하면 여자
      손발이 꺼칠꺼칠하면 해녀
손발톱 기르고 치장하면 여자
      손발톱 쪼개져 약 바르면 해녀
입술에 립스틱 바를 땐 여자
      입술 부풀어 약 바를 땐 해녀
마음의 상처 아파할 땐 여자
      몸의 상처 아파할 땐 해녀
팔다리라 할 땐 여자
      거우쟁이라 할 땐 해녀
숨 쉬는 들숨날숨으로 살아갈 땐 여자
      숨 안 쉬는 들숨날숨으로 살아갈 땐 해녀
재수를 바랄 땐 여자
      머정을 바랄 땐 해녀
지식과 상식을 공부할 땐 여자
      경험과 지혜를 공부할 땐 해녀
직장인일 땐 여자
      직업인일 땐 해녀

5부
저승 복은 하늘이 내린다

옹이

구십 나이 훌쩍 넘은
농사꾼

언제까지 농사지을 것이냐는
물음에
나이가 허락해야 되는 것이지
내가 하겠다 해서
되는 게 아니라며
산전수전 다 겪은 나이
뭐를 더 바라겠느냐며

황소 이빨 드러내신다

알츠하이머

병 중에 암울한 병

아픔도 괴로움도
기쁨도 슬픔도
사랑도 미움도
이성도 감성도
시간 개념
공간 개념
과거를 잃고
현재도 잃고
나를 모르고
너를 모르고
우리를 모르고
죽음이 뭔지
삶이 뭔지
죽기 전 찾아올까 봐 두렵다
공포의 알츠하이머
장수를 바랄 게 아니라

나를 알고
너를
알
때
……?

저승 복은 하늘이 내린다

동네선 '셋아방'이란 별명으로 불리었던 80세 지적장애, 동네 사람들 만날 때마다 삼춘이란 호칭으로 인사를 하는 이웃사촌이었다, 앓아서 병석에 있다는 소문을 들어본 적 없었다, 추운 겨울에도 어지간하면 장갑도 안 끼고 양말도 신지 않으셨다, 사람들은 그 건강한 생활을 다행스러워하면서도 안쓰러워했었다, 젊었을 적엔 테우리로 소에 대한 애정이 남달랐다, 소가 없게되자 갯바위를 누비며 버난지 철에는 버난지를 줍고우미를 매러 다니는 게 일이었다, 신발은 늘 고무신 아니면 장화를 왼쪽 오른쪽을 바꿔 신고 다니기 일쑤였다, 나이 들어 휜 허리에 아침 일찍 일어나 어딘가 걷는데 바지런하셨다, 껌을 늘 갖고 다니며 삼춘 하며 주고다녔다, 담배를 즐겨 피우셨고 남을 해코지한 적도 별로다, 생각의 깊이도 없으셨다, 아프다는 한마디 없이인명재천이라 했던가, 하늘의 부름이었던지 가던 길에털썩 주저앉고 일어서지 못하셨다, 마지막 가는 길, 동네 사람들 배웅 받으며 평생 타 보지 않던 119구급차도타고 또한 응급 헬리콥터로 우도에서 제주시 병원에

갔었지만 생존하지 못했다는 비보에 가족, 친지, 동네 사람들 걱정 끼치지 않으려고 하늘이 부른 '운명'에 동네 사람들도 너나없이 '명복'을 빌었다, 이승에서 누리지 못한 복 '저승 가는 복'이라도……

＊ 셋아방: 아버지의 형제 중에서 둘째. 중부(仲父).

＊ 삼춘: 삼촌뻘 되는 동네 윗사람.

＊ 테우리: 목동.

＊ 버난지: 파도에 떠밀려 온 해초.

＊ 우미: 우뭇가사리.

허무

53의 나이
투병 중인 사촌 동생
사망 비보

저는 험하고 힘든 길 걸으면서
자식 둘
편한 앞길 가게 만들고

이제
저 행복하고 편한 길 가려는데

그 길은
제 길이 아니었던지

자식들
꽃길 만들어 주려 하는데도
마다하고 떠난 길

뭐가 그리 급했던지
고통 없는 편한 하늘길

부디 아프지 말고 영면하소서

(2021. 11. 30.)

암창개 온 내 어머니

갓 스물에
암창개 온 내 어머니
자식 셋 둔 늦깎이 지아비 공부 바라지로
병든 몸 추스를 겨를 없었던 내 어머니
천더기가 된 자식 보듬지 못하고
물질로 얻은 병 사경을 헤매다
동아줄 부여잡은 신앙생활
병 고쳐 돌아오니
시집살이 쫓겨난 내 어머니
이 집 저 집 쪽방 굴묵살이
자식 잘되는 것만이 희망이었던 내 어머니
산수傘壽에
자식 곁이 호사다 호사다
고맙다 고맙다 하셨던 내 어머니
망백望百에
요양원 입소에 눈시울 붉히셨던 내 어머니
백수白壽가 코앞인데
생명줄마저도 뜻대로 안 된다며
오래 살아 큰일이다 큰일이다 넋두리하셨던 내 어머니

부여잡은 동아줄 놓으려는데
병원 전전하며 가쁜 숨 몰아쉬어야 했던 내 어머니
코로나19가 웬 말이냐
콧줄 연명이 웬 말이냐 영양제도 싫었다
기다리다
기다리다
기다리다
임종 지키는 이 없이
아흔다섯에
명줄 놓으신
내 어머니

＊ 암창개: 신랑 없이 치른 혼례. (혼례일에 신랑이 징용이나 군
　　　　　대에서 돌아오지 못했을 경우)
＊ 굴묵: 보일러실. 구들방에 불을 때게 만든 아궁이 및 그 바깥
　　　　부분.

어머니 영정 앞에서

장례식장 분향소
한밤중 어머니의 영정
앞
촛불은 영롱하고
촛농은 읍소泣訴하고
향연香煙은 영정을 스치며 승천한다
상주들 콧소리 처량타
쓸쓸한 어머니는 나를 쳐다보며
할 말이 많은 듯
나를 회오悔惡케 한다

처음

93세 해녀 할망
갯가에서 다쳐
병원에 문병 갔더니
태어나 처음 병원 왔다며

살다 보니
병원이 이렇게 좋고
편한 줄 몰랐다던
내 당숙모
코로나19의 여파를 넘기지 못하고
95세에 영면하셨다

공부는 꼴등 열정은 일등

89세 중학교 2학년 여학생

배고픔 때문에 배우지 못한 한恨
동생들 이름 잊을까 봐 공부한다는
순박한 실버 학생
책가방은 끈이 긴 여행용 가방
앞자리 놓칠까 봐 노심초사
다른 학생들보다 먼저 등교한다며
무슨 공부 하세요 물으니
왈
하늘나라에 먼저 간 동생에게
안부 편지 쓴다는
여운의 소리
공부가 재미있느냐 물으니
공부는 꼴등
열정은 일등이란
해맑은 미소

영락없는 중학교 2학년 여학생

(2020년 3월 21일 동네한바퀴)

애옥살림

1
9남매를 낳아 키우신
97세 어머니에게

50대 후반의 막내딸은
소싯적
새 옷을 입어 본 적 없고
학용품 사 본 적 없다고 투덜거렸다며
나이 들어 살아 보니
엄마 마음 이해한다는
말에

엄마는
너희들 굶기지 않으려고
다리 뻗고 자 본 적 없다며
백수를 코앞에 둔 나이
막내딸과 캠핑카 여행
이제 죽어도 여한이 없다며
딸에게 고맙다 고맙다 하시는
어머니

2
늙으신 어머니
종아리 씻겨 드리며
어머니 종아리가
가늘어지셨다 하니

어머니 대답은
가늘어진 게 아니라
단단해졌다는 말에
딸은 멍한 표정

해가 뜨면 좋고
해가 지면
그런가 하고 산다
그게
늙음이다 하시는

노온

의사와 장의사

의사는 이승을 살게 하는 사람
장의사는 저승을 영면하게 하는 사람

의사는 병 고치고 옷을 입게 하는 사람
장의사는 염하고 수의를 입혀 주는 사람

의사는 생명을 다루는 사람
장의사는 죽은 사람을 다루는 사람

의사는 연명에 기도하는 사람
장의사는 죽음에 애도하는 사람

의사는 생 生을
장의사는 사 死를

극과 극에 요긴한 사람

슬펐습니다 그리고 화났습니다

2021년 7월 초
육지에서 우도에 한방진료 봉사

일면식도 없는 생면부지의 해녀 할망들
5일간의 진료
소회의 짧고 굵은 소리

거나한 기운에
성한 곳이 없는 해녀 할망들의
모습이 안쓰러웠던지

"슬펐습니다"
그리고
"화가 났습니다"

울컥한 목울대에 다음 말을 잇지 못했다

해녀라는 직업에 슬퍼했을 것이고
자기 삶이 없었음에 화났을 것이다

늦은 후회

70 중반을 넘긴 나이

아내의 치매에
눈시울을 손등으로 닦는 모습은
영락없는 소년

동갑내기 아내의 굽은 허리는
애옥살이를 반증해 보였다

맏며느리로 8남매의 시집살이
백수白壽를 코앞에 둔 시모보다
더 연로해 보였다

맏이인 남편은 인의仁義를 중요시해
유교 경전을 당연한 것으로 여겼고
또한
부모의 가르침이었다 한다

여태껏
주방에 드나들어 보지 않았다면서
노모의 끼니를 챙기며
아내를 생각하며 서러워한다

길 잃었던 아내의 손을 부여잡고
늦은 후회에 자신을 돌아보지만
아내는 눈만 껌벅인다

늦어 철든다 하지만
아내는 모른다

속죄하며 존경한다 해도
아내는 그것을 모른다

(2021년 10월 4~8일 '인간극장'을 보고)

6부

가감승제의 삶

어머니

꽃은 지고 없는데

왜,
그
꽃이
보고 싶고
그리운지……

가감승제의 삶

좋은 것은 더하고

나쁜 것은 빼고

기쁜 것은 곱하고

슬픈 것은 나누고

산술로 보는 장르

시는 빼기

수필은 더하기

소설은 곱하기

시나리오는 나누기

시인에게 시는

독자에게 쉬워 보이는 시
시인들은 혼을 다해 쓴다

독자에게 좋은 시
시인들은 예쁜 꽃으로 쓴다

독자에게 편한 시
시인들은 고뇌하며 쓴다

독자들은 한 번 읽는 시
시인들은 골백번 읽는다

독자에게 감동의 시
시인에겐 일상이다

독자들은 미식가
시인들은 요리사

자세

산은
갯가에서
높이를 잰다

공동체

비빔밥은
양푼에
비벼야 제맛

황혼

노을이 아름답다

작열한 뙤약볕에

잘 익었다

사랑하니까

넌
나 없어도
살지 모르지만

난
너 없으면
못 살아

거울 앞

난
필요 없는데
너를 위해
본다

재산

억,
억,
억!
기억
추억

본능

어머니들은
징그러운 벌레나
무서운 동물을 보면
혐오스럽다 기겁을 하면서

자식 곁의
벌레엔
목숨을 건다

인생길

지름길
에돌아가는 길
가운데 길
험한 길
가시밭길
......

편한 길은 없다

세심 洗心

더러운 옷
빨고

더러운 몸
씻고

더러운 맘
명상

끈

매듭이 있어도
상처가 있어도
흠집이 있어도
끊어질 것 같아도
버팀이 불안해도
굵기가 고르지 않아도
……

끈
중에
끊을 수 없는

그
끈은
천륜

콘서트

2022년 4월 26일
우도작은도서관에서 음악회
나에겐 늘
'첫'이란 수식어는
설레고 감동으로 다가선다
책으로 에두른 콘서트
좁은 공간에
수많은 작가들이 묵언으로
환영하는 것 같았다
구경꾼들은 노랫소리 기타 소리에
웃고 박수 치고
에두른 책들은
침묵으로 화답하는 모습

해녀의 기도

초판 1쇄 발행 2022년 7월 25일

지은이 강영수   펴낸이 박화영   출판기획 김우현
펴낸곳 도서출판 미라클
출판등록 제2015-000003호(2015. 4. 23)
주소 경기도 시흥시 관곡지로 222, 311-1804
전화 010-4356-5100
E-mail miraclebooks77@naver.com
ISBN 979-11-955399-9-4 (03810)
책 값 10,000원